DISCOURS

PRONONCÉS

DANS L'ACADÉMIE

FRANÇOISE,

Le Samedi 22 Janvier M. DCC. LXIII.

A LA RECEPTION

DE M. L'ABBÉ DE VOISENON.

A
L'IMMORTALITÉ

A PARIS,

Chez la V. Brunet, Imprimeur de l'Académie Françoise,
au Palais, & rue basse des Ursins.

M. DCC. LXIII.

A
L'IMMOR
TALITÉ

M. l'Abbé DE VOISENON ayant été élu par Messieurs de l'Académie Françoise, à la place de M. JOLYOT DE CREBILLON, y vint prendre séance le Samedi 22 Janvier 1763, & prononça le Discours qui suit.

MESSIEURS,

CETTE illustre Compagnie où je trouve des génies distingués dans tous les genres, est imposante & m'intimide ; cependant une réflexion me rassure. On ne doit craindre que les esprits médiocres ; ils dépriment sans cesse, & pensent gagner les rangs qu'ils refusent aux autres.

Les hommes supérieurs prêtent la main à ceux qui les contemplent, sans pouvoir les atteindre, & ne s'estiment vraiment grands que par l'élévation qu'ils donnent.

C'est ce que vous avez fait pour moi, MESSIEURS.

Touchés de mon zèle & de mon empreſſement, vous avez daigné me placer parmi vous ; j'eſpère qu'en m'inſtruiſant, vous voudrez bien accroître le nombre de mes amis. C'eſt alors que j'éprouverai de plus en plus que l'amitié eſt un tréſor que l'on augmente à meſure qu'on le partage.

De l'attachement pour mes nouveaux devoirs, de l'amour pour les Lettres, du reſpect pour ceux qui les enrichiſſent : voilà mes titres. J'oſe dire que c'eſt aſſez dans un Corps où les talens ſont unis aux vertus ; vous cultivez les uns, vous pratiquez les autres; vous mettez en action ce que votre éloquence met en maximes ; vous plaignez les hommes ſans les haïr, & vous ne les critiquez qu'en ne leur reſſemblant pas.

Vous ne regardez point le titre d'Homme de Lettres comme un titre de préſomption & d'indépendance, mais comme un moyen d'être plus doux, plus ſociables, de vous communiquer vos lumières, & d'être unis enſemble par le beſoin mutuel que vous avez les uns des autres.

Les Gens de Lettres ſont liés par une chaîne qu'aucun événement ne peut rompre. Ils ſe conforment à l'ordre de l'eſprit humain, qui de toutes les Nations n'en fait qu'une ; ils ſemblent, malgré la diſtance, rapprocher les climats, par leur eſtime réciproque & la correſpondance de leurs richeſſes littéraires ; & quand les Peuples ſe détruiſent, les Savans & les Sages affligés pour l'humanité, mais toujours calmes, toujours ſereins, vivent en paix, & ne ſont ennemis que de nom. Ils appartiennent à la même République, & les talens les rendent Concitoyens.

On participe à de si grands avantages, lorsque l'on est admis parmi vous, MESSIEURS, & c'est ce qui m'a tant fait désirer cet honneur; mais je crains bien d'être humilié dans mon élévation même. Que de gens auroient trompé le Public, s'ils n'avoient pas eu l'imprudence de se mettre trop en vue !

Comment pourrai-je remplacer l'Homme célèbre que la Nation regrette ? Je vois de lui à moi un intervalle immense.

Le grand Corneille & le tendre Racine venoient d'être plongés dans les ténèbres du tombeau : leurs Mausolées étoient placés aux deux côtés du Trône qu'ils avoient occupé; la Muse de la Tragédie étoit penchée sur l'urne de Pompée, & fixoit des regards de désolation sur Rodogune, Cinna, Phèdre, Andromaque & Britannicus. Elle étoit tombée dans une léthargie profonde; son ame usée par la douleur, n'avoit plus la force que donne le désespoir. Dans l'excès de son abattement, son poignard étoit échappé de ses mains; un mortel fier & courageux, enveloppé de deuil, s'avance avec intrépidité, ramasse le poignard, & s'écrie : *Muse, ranime-toi, je vais te rendre ta splendeur.*

La Terreur entendit sa voix, & parut sur la scène : *Tu me rappelles à la lumière, & ton génie me donne un nouvel être*, dit-elle avec transport.

A ces mots elle saisit une coupe ensanglantée, marcha devant lui, & fit retentir le Mont sacré du nom DE CREBILLON. La Muse reprit ses sens: les cendres de Corneille & de Racine s'animèrent, & leur successeur fut placé sur le Trône élevé entre les deux tombeaux.

La mort impitoyable l'en a précipité; mais cependant le Trône n'eft pas vacant. Un génie rare, un homme unique depuis long-temps en foutient tout l'éclat. Puiffe le nombre de fes années égaler la durée de fes triomphes. Le Trône de Melpomène ne s'écrouleroit pas.

Raffurons-nous, MESSIEURS, de nouveaux génies s'élèveront fans doute ; j'en ai pour garant le monument que l'on élève à mon Prédéceffeur. Le marbre qui va tranfmettre à la poftérité les traits du Sophocle François, fera naître des Poëtes Tragiques.

Les grands Hommes font reproduits par les honneurs que l'on décerne à ceux qui ne font plus; & les regards des Rois font pour les talens, ce que les rayons du foleil font pour les tréfors de la terre.

Corneille avoit élevé l'humanité ; Racine venoit de l'attendrir : M. de Crébillon s'ouvrit une route nouvelle.

Hardi dans fes peintures, mâle dans fes caractères, grand dans fes idées, énergique dans fes vers, & terrible dans fes plans, il n'approcha de l'Hypocrène que pour teindre fes eaux de fang; & fans copier ni Corneille, ni Racine, il adoucit les regrets qu'ils nous avoient laiffés, & marcha prefque leur égal.

Atréę & Thyefte, ce chef-d'œuvre d'horreur, fit une impreffion fi forte, qu'on détourna les yeux, on la lut, on l'admira; mais on n'en foutint la repréfentation qu'avec peine; & c'étoit la louer, MESSIEURS, que de n'ofer la voir.

Dans Atrée, le père boit le fang du fils; dans Radamifte, le fils meurt de la main du père; & dans Electre, le fils affaffine la mère.

Quel art ne falloit-il pas pour rendre fupportables ces objets effrayans!

Enfin M. de Crébillon porta fi loin le génie tragique, qu'on craignit pour fon caractère.

C'étoit mal le juger; on trouvoit autant de douceur dans fa fociété, que de force dans fon pinceau.

Un Poëte eft le Peintre de l'ame; fon art eft d'en faifir & les beaux traits & les difformités : voilà ce qui caractérife l'homme à talens; fon perfonnel n'y eft pour rien. On ne doit point tirer de conféquence contre celui qui peint fortement le crime, & l'on fe trompe-roit quelquefois en garantiffant la vertu de ceux qui la célèbrent.

Le fentiment fait l'exception; il faut en avoir pour l'exprimer. Un cœur fec manquera toujours toutes les chofes fenfibles. Hélas! qu'il eft de beaux efprits qui n'ont que de la vivacité, fans avoir de vraie chaleur, & cherchent à paroître brillans dans les endroits qui ne demandent que de la paffion! Auffi rien de vrai, rien de fimple, rien de naturel ne coule de leur plu-me; ils ne connoiffent point la marche du cœur, on fent par-tout la manière. C'eft l'efprit feul qui joue tous les rôles; & quand l'efprit remplace le fentiment, on reconnoît l'accent & l'on ne s'attendrit pas.

Les ames délicates ne s'y méprennent pas, & dé-mafquent d'abord ces faux imitateurs.

Un morceau pathétique, une fituation touchante; que dis-je, une fituation, un feul mot, un feul trait fenfible frappe, faifit, tranfporte en même temps tous les spectateurs. Ces applaudissemens, ces larmes, ces acclamations, c'est le cri du cœur qui reconnoît son bien.

La connoissance de cet art fut de tout temps un titre pour être admis parmi vous, Messieurs; vous n'avez pas cessé d'adopter tous les Auteurs intéressans, & le nombre de vos trésors a toujours fait sentir ce que l'on doit à votre illustre Fondateur.

Ce Ministre immortel, qui étendit les bornes & la gloire de notre Monarchie, qui sut attirer à la Cour la Noblesse des Provinces, & de Maîtres trop indépendans fit de véritables Sujets; ce sublime Richelieu, qui n'étoit frappé que du mérite réel, fonda l'Académie, & l'on n'y connut point la distinction des rangs.

Il faut que des Grands soient bien supérieurs à leur propre grandeur, quand ils peuvent deviner les plaisirs de l'égalité.

Ce fut ce mélange des Hommes de la Cour & des Gens de Lettres, qui leur devint réciproquement utile. Les premiers n'avoient qu'une superficie brillante, & les autres qu'une érudition dépouillée d'agrément. Ils se communiquèrent ce qui leur manquoit; s'enseignèrent leur Langue sans se donner de leçons; & les exemples tinrent lieu de préceptes.

Les Gens de Cour apprirent à raisonner, les Gens de Lettres apprirent à converser. Les uns cessèrent de s'ennuyer, & les autres d'être ennuyeux. Le besoin de s'occuper & celui de se dissiper fut également senti de chaque côté. Les uns s'instruisirent en consacrant quelques heures à leur cabinet, & les autres en le quittant.

L'homme

L'homme frivole, en fréquentant l'homme éclairé, devint capable de le juger, & dès-lors il fut digne qu'en écrivant on travaillât pour lui plaire. Les Auteurs acquirent de la délicatesse, en proportion du goût de leurs Lecteurs; ils n'eurent recours qu'à leur génie pour le plan, le dessein & la correction des ouvrages; mais ce fut l'usage du monde qui leur donna le coloris, & qui leur apprit que les graces de la négligence l'emportent quelquefois fur un ftyle desséché par l'exactitude.

Le Chancelier Seguier rassembla le premier chez lui les esprits les plus diftingués. Il les choifit pour fes amis : un Juge moins fupérieur ne les eût peut-être regardés que comme fes Cliens.

Le Cardinal voulut tenir fa gloire de ce qui faifoit le bonheur du Chancelier. Ce dernier devint Protecteur de fes nouveaux Confrères, & fes vertus répandirent tant d'éclat fur ce titre, qu'après fa mort LOUIS XIV ne vit que lui-même digne de lui fuccéder. Ce Monarque poffédoit la première qualité d'un Roi, celle de connoître les hommes & de favoir les placer.

La nature, pour les créer, paroiffoit à fes ordres. Les Sujets d'un Prince vraiment grand deviennent grands eux-mêmes. Nous fommes échauffés par l'aftre qui réfléchit fur nous. Tel fut le fiècle de LOUIS XIV. Tout porta l'empreinte de fon caractère. Ses projets, fes entreprifes, fes monumens annonçoient fa puiffance; fa majefté brilloit jufques dans fes fêtes & dans fes plaifirs; & fes revers même, en faifant éclater toute l'élévation de fon ame, le fervirent encore mieux

B

que ſes triomphes. L'Hiſtoire le préſenta à la poſté-
rité entouré des Sciences, des Talens & des Arts, cor-
tége auguſte & néceſſaire pour vivre dans l'avenir.

Les Lettres forment une République qui eſt ſou-
miſe aux Rois, & les immortaliſe.

LOUIS XIV remplit l'Europe de l'éclat de ſon
nom ; mais au déclin de ſes jours il ne put pas s'empêcher de gémir ſur ſa gloire. Il ſentit que c'eſt ſou-
vent le Peuple qui paye la grandeur de ſon Roi, &
reconnut les avantages de la paix. Pénétré de ſenti-
mens chrétiens, animé de la foi la plus vive, il étoit
perſuadé que le plus grand Potentat, en quittant ſa
dépouille mortelle, laiſſe ſon Trône, ſa Puiſſance,
ſes Flatteurs, & n'emporte avec lui que ſes vertus &
ſes fautes.

Pour tous les Souverains il eſt deux Temples qui ſe
touchent ; le Temple de la fauſſe gloire, & le Temple de la gloire véritable.

Sur le portique du premier, on lit ces mots tracés
en caractères de ſang.

Les hommes doivent ſervir à l'ambition des Rois.

L'intérieur du Temple offre un tableau qui fait fré-
mir ; on voit les Gengiskans, les Tamerlans, les Ale-
xandres, & tant d'autres qui les ont pris pour modèles ;
leurs ſimulacres y ſont animés, & ſemblent reſpirer
encore le meurtre & le carnage. La victoire les conduit, mais les roues brûlantes de ſon char conſument
les campagnes, & devant elle la mort avec ſa faulx
tranchante meſure & dévore la terre.

Ils n'ont sous les yeux que des veuves éperdues, des filles-éplorées, des orphelins pâles, plaintifs, chancelans sous l'excès du besoin, & des enfans mourans cherchans en vain dans le sein de leur mère un aliment tari par la douleur.

Ces Princes destructeurs veulent éviter un spectacle si funeste ; ils en rencontrent un autre encore plus horrible ; ce sont d'infortunés Soldats, victimes de la guerre, & tout couverts de cicatrices, tronçons informes, êtres souffrans ; il n'y a que la vanité qui les console de la vie. Ces demi-cadavres traînent leur gloire avec effort, ont laissé la moitié d'eux-mêmes, & n'ont rapporté d'entier que leur courage.

Voilà les Panégyristes de tous les Conquérans. Les plaintes, les cris, les lamentations assiègent leurs Palais ; tous les objets qui les frappent, font des objets de reproches, font des sujets de remords ; leur Trône n'est élevé que sur des débris ; ils ne règnent que sur des champs incultes, des Villages déserts, des Villes dévastées ; ils abondent de lauriers, & manquent de Sujets ; & les malheureux qui les environnent, font des esclaves terrassés par l'effroi, & ne font point des Peuples prosternés par amour.

Le Temple de la gloire véritable est bien différent.

Sur le frontispice on lit ces paroles écrites en lettres d'or.

Les Rois font faits pour rendre heureux les hommes.

On n'y voit point la poussière des camps obscurcir les tendres rayons de l'aurore ; les ouragans ni les tempêtes n'approchent point de ce féjour fortuné; le ciel y eſt toujours ſerein, & l'air paroît tenir ſa pureté de ceux qui le reſpirent.

C'eſt là que réſide la paix, ſans faſte, ſans parure, ſans attraits étrangers; la ſimplicité, la candeur habite ſur ſes lèvres.

Elle donne la vie aux Manufactures; elle anime le commerce, pour faire ſentir aux hommes qu'ils ſont frères, & que leur richeſſe ne vient que de leur union; elle n'eſt la fille du ciel, que parce qu'elle fait le bonheur de la terre. Elle ne diſtribue point des palmes triomphales; mais les épics fertiles que ſa tranquillité fait naître, ſont les vrais lauriers d'un bon Roi.

On n'entend point retentir ſes Palais de chants pompeux, de vers hyperboliques; mais dans chaque Hameau le père de famille, au milieu de ſes enfans, leur enſeigne à chérir, à bénir ſans ceſſe l'Auteur précieux de leur repos.

Après un repas frugal, avant de goûter un ſommeil tranquille, cette petite maiſon ruſtique adreſſe à l'Être ſuprême une prière commune pour la conſervation des jours de ſon bon Maître.

Un ſentiment d'amour qui dans une cabane part d'un cœur innocent, eſt plus flatteur pour un Monarque, que les fictions des Poëtes & les menſonges des Courtiſans.

On ne juge de ſes vertus, que par les louanges de ceux qu'il ne peut pas connoître.

Dans ce Temple on admire avec un reſpect mêlé de tendreſſe les Statues des Souverains chéris du Ciel, qui ont fait du bien aux hommes, & qui ne ſe ſont déterminés qu'avec regret aux malheurs de la guerre.

Marc-Aurele, Antonin, Trajan, Titus, font de ce petit nombre ; on y voit repréfentés S. Louis, fi recommandable par fes vertus fublimes, & par fa fermeté à foutenir les droits de fa Couronne ; Charles V, le plus fage & le plus habile des Rois ; François I, qui par fon amour pour les Lettres mérita l'honneur de donner fon nom à fon fiècle ; Louis XII, père du Peuple ; Henri IV, dont on ne peut prononcer le nom fans attendriffement.

Ces deux derniers paroiffent fixer des regards de complaifance, l'un fur d'Amboife, & l'autre fur Sulli. Ils femblent les remercier de l'amour de leurs Peuples, & leur dire qu'une portion du bonheur & de la gloire des Rois, dépend quelquefois & des vertus & des lumières de leurs Miniftres.

Dans le centre du Temple on remarque une place, avec un piédeftal qui jufqu'à préfent n'avoit pas encore été occupé ; il étoit deftiné à celui des Rois qui auroit la force de triompher de fes propres intérêts, qui reconnoîtroit que la vraie gloire confifte à fubjuguer les événemens contraires, qu'il eft trop aifé d'être grand, lorfque l'on eft heureux, & que l'on n'eft digne de régner, qu'autant que l'on chérit plus fes Sujets que foi-même.

Des fiècles s'étoient écoulés fans que ce Roi fe fût trouvé. On lifoit cette infcription : *Au Monarque pacifique, au Roi le Bien-Aimé.*

C'étoit une prophétie qui annonçoit LOUIS XV : le Ciel nous l'a donné.

Ce Prince bienfaifant fera l'ornement du Temple

de la Paix : il y est porté au milieu des acclamations, & conduit par les Ministres qui ont rendu la tranquillité à l'Europe. Leur droiture, leur zèle & leur capacité prouvent le discernement de leur Maître à placer sa confiance. Le Temple de la fausse gloire s'est anéanti devant eux. Toutes les Puissances sont réunies; tous les Peuples redevenus amis & gouvernés par un même esprit, vont enfin être heureux, & paroîtront n'avoir qu'un même Roi.

Réponse de M. le Duc DE SAINT-AIGNAN,
au Discours de M. l'Abbé DE VOISENON.

MONSIEUR;

L'ÉMULATION eſt un ſentiment commun à
tous les hommes, nés avec quelques talens, ou
en qui l'éducation a mis le déſir d'en acquérir.
Elle eſt, dans les uns, le principe de l'uſage qu'ils
font des dons reçus; elle eſt, pour les autres, celui
de l'ardeur avec laquelle ils s'efforcent de ſuppléer
à ce qui leur manque : elle flatte également de
l'eſpoir de ſe faire un nom, & le Savant, & celui
qui cherche à le devenir. Il importoit de donner
une activité nouvelle à un ſentiment ſi noble & ſi
utile; & tel a été le principal motif de l'établiſſe-
ment des Compagnies deſtinées à contribuer aux
progrès des Lettres, des Sciences & des Arts.
L'éclat répandu ſur ces Sociétés diverſes, leurs
ſuccès rapides & ſoutenus, ont animé la juſte
ambition d'y être admis, pour avoir part à leur
célébrité.

De ces heureux effets de l'émulation, aucun
n'avoit échappé, ſans doute, à l'étendue des lumières du Cardinal, notre illuſtre Fondateur,

lorfqu'il inftitua cette Académie. Il prévit même qu'elle ferviroit de modèle à d'autres, qui lui devant dès lors leur première origine, augmenteroient le nombre des monumens de fa gloire.

C'eft à ce que l'intérêt de la vôtre vous a paru demander, qu'il nous eft permis de croire, Monsieur, que nous devons votre empreffement à nous rechercher; en même temps que c'eft à ce que vous avez déja fait connoître de vos talens, que vous devez le concours de nos fuffrages. Non que les agrémens de vos productions, ni même tout ce qu'elles ont eu de fuccès, euffent fuffi pour nous déterminer; mais parce que, n'ignorant pas que vous avez fu vous occuper plus utilement, nous nous fommes flattés que déformais les fruits l'emporteroient fur les fleurs.

Le Difcours que nous venons d'entendre, juftifie déja nos efpérances. Monfieur de Crébillon a été un de ces hommes privilégiés qui honorent leur fiècle; & en nous rappelant une perte qui nous a été fi fenfible, vous en avez fufpendu la douleur, par la fatisfaction que nous a caufée l'hommage éloquent que vous avez rendu à fa mémoire.

Ce Collègue illuftre, dont le fouvenir vivra toujours parmi nous, ne connut lui-même fes propres talens, que par une impulfion de génie, qui, l'arrachant à des occupations peu faites pour lui, l'entraînoit aux pièces de Corneille & de Racine. Dans l'enthoufiafme qui le faififfoit toujours à chaque repréfentation, il auroit pu s'écrier, comme

le

le fameux Corrège, à la vue des chefs-d'œuvres des grands Peintres de son temps, qu'il pouvoit être leur rival.

Mais Monsieur de Crébillon n'eut pas plutôt consulté ses forces, que dédaignant une rivalité de simple imitation, il osa se créer un genre qui n'eût point encore paru sur notre scène ; & par les plus vives impressions de la terreur, il sut obtenir les mêmes applaudissemens que nous n'avions accordés, avant lui, qu'au sublime des idées, & aux graces du sentiment.

Ainsi le grand Michel Ange avoit atteint à la plus haute réputation, en ne s'attachant qu'à donner à son pinceau une force, ou, pour me servir des termes de l'art, une fierté que les Amateurs ont cru ne pouvoir mieux définir, que par l'épithète de terrible.

Et quel autre nom caractériseroit plus heureusement la plume de l'Auteur de Rhadamiste & d'Atrée ? Sans cependant que de cette préférence que Monsieur de Crébillon a si constamment donnée aux sujets funestes, on ait lieu de rien inférer contre le fond de son caractère.

Vous l'avez dit le premier, MONSIEUR ; on ne doit pas toujours juger ceux qui composent, par la nature de leurs écrits. Et quelle plus grande preuve en pouvons-nous avoir, que ce contraste singulier, entre la sombre horreur des objets que les ouvrages que Monsieur de Crébillon nous présentent, & la candeur de son ame ?

C

Ses amis confervent la mémoire de plufieurs faits garants à la fois & de fa probité, & de la confiance fans bornes qu'elle lui avoit attirée de leur part.

Quelle douceur dans la Société ! Quelle franchife, quelle fimplicité dans fes mœurs ! Exempt des foibleffes d'une baffe jaloufie, de ce vice honteux que l'on ne peut que trop fouvent reprocher aux Auteurs les plus illuftres, il eut des Rivaux & des Cenfeurs, fans avoir été tenté de déprimer les uns, ni s'être jamais permis la moindre aigreur, ni même le moindre trait de malignité contre les autres.

Mort dans un âge très-avancé, ainfi que Sophocle, après avoir, comme lui, confervé jufqu'à la fin l'ufage de fes talens, la mémoire la plus heureufe, & toute la vigueur du corps & de l'efprit, il nous a donné le fpectacle intéreffant d'une longue carrière parcourue d'un pas ferme & toujours égal : avantage bien rare, mais qu'il méritoit ; & ce qui eft plus rare encore, il eut celui d'en jouir toujours avec la fatisfaction unanime de fes Contemporains.

Mais vous avez déja faifi, MONSIEUR, ce qui feul eût fuffi pour le rendre à jamais célèbre. Ce monument, qui vient d'être ordonné pour perpétuer fa mémoire, fera paffer également à nos derniers neveux, & le nom de celui qui l'a mérité, & la protection diftinguée que le Roi daigne accorder à ceux qui parviennent au faîte de la réputation, dans les Lettres & dans les Arts.

Je finis en réclamant toute l'indulgence de cette illuftre Affemblée, pour un Difcours fi peu capable de la dédommager de celui qu'elle étoit en droit d'attendre du Directeur, dont je tiens la place. Les grands intérêts qui lui font confiés, peuvent feuls nous empêcher aujourd'hui de regretter fon abfence.

Ce lieu retentit encore des applaudiffemens qu'il y reçut, dans l'année où nous le vîmes préfider à cinq réceptions différentes. Des talens d'un ordre fupérieur, & déja plus d'une fois reconnus, ne pouvoient manquer de fixer fur lui le jufte difcernement qui l'a fait choifir, pour aller mettre la dernière main au grand ouvrage d'une paix fi défirée.

Daignez donc, Messieurs, oublier ce que vous perdez en ce jour, & ne vous occuper que de la fatisfaction que vous aurez bientôt de le revoir, le rameau d'olivier entre les mains, plus en état que jamais de vous aider à faire connoître à la poftérité la plus reculée, jufqu'à quel degré notre bien aimé Maître & Protecteur a porté tant de fois, & fi récemment encore, les fentimens d'humanité, de bonté, & d'amour de fes peuples : fentimens nés avec lui pour notre bonheur, & garants à l'Europe entière de l'ufage qu'il fait des dernières leçons de fon augufte Bifaïeul, toujours préfentes à fes yeux, & pour jamais gravées au fond de fon cœur.